五行歌集

風と出逢う

塚田三郎

市井社

目次

五行歌集

風と出逢う

塚田三郎

市井社

五行歌集

風と出逢う

目次

1

風は季節を流れる

さらさらと
春には春の
六月には六月の
風は
季節を流れる

風が彩《いろ》づく
春の日に
ほんとは
恋が
したかったりして

草叢に寝ころんで
空を見ていると
ここが何処か
何を思っていたかも
忘れている

春のような
秋の日
雲
一つない
空

菜の花が咲くということは
春になったということ
では　きのう
風が春がくると言ったのは
本当であったか

花の名前は
知らなくても
きれいな
花は
きれいである

風のようになりたいよ
春は緑
六月水色
秋は小雨の降るように
冬でもそっと吹くような

秋になれば
秋らしく
ちょっと厚めのシャツを着て
ちょっと気取って
愁いてみせる

六月には
さらさらと吹く
風がある
子規はそれを
奇麗と詠んだか

こんな歌を書く人は
どんな人かと
思っていたら
人柄が歌そのものの
ような人だった

もしも私が
春風で
空の色であったなら
さあ　誰か
気づくでしょうか

苦手な
冬の
いいところ
たまの日溜り
夜の空

春って響き
いいなあ
何もしてなくても
春は
いいなあ

こどもの頃
海から吹く風も
空から吹く風も
松山では同じだと
思っていた

不思議と思えば
不思議なこと
秋には
風も
青っぽい

つきつめてみれば
世の中のことは
そんなに
難しくは
ないのかも知れない

2

春になれば

春になったら
雲雀になりたい
と
言った
人がいる

私も春には
よく叢に
寝ころんで
雲雀になりたい
と思っていた

春になれば
雲雀になって
晴れた日など
大空高く
舞い上がり

雲にのって
風とあそび
空から
すみれの花を
見てたりして

春よ／お前は／いいなぁ
いつも待ってる／人がいて
と春を詠った荘司さん
ほんと
春はいいですね

（荘司さん＝五行歌人 荘司由太郎氏）

春になれば
どこか
田舎へいこう
鈍行電車で
一日かけて

春になれば
松山一周
銀の自転車乗りまわし
草原情歌など
口遊み

子供の頃から
春になれば
何とかなる
そう
思っていた

だから
大人になっても
春になれば
立ち直る
私の得意技

春が
なぜ好きかって？
さあ
風かな
ちょっと意味深な言い方だが

十五の時
堀の内でみた
水色の風
思い出の
・・原風景

十九の時
石手川でも
みた気がする
さらさらと瀞《とろ》の上
水色の風

春には春の
花が咲く
当り前のことだけど
その当り前のことが
春にはうれしい

春だ春だと
風がいう
やっと来たなと
川がいう
空では雲雀が鳴いている

彼の人は
不幸な時代に
幸せな世界を夢みて
雲雀になりたかった
のだろうか

（彼の人＝詩人 原民喜）

春になれば
私は時々思うのです
十五の頃を
十九の頃を
私の青春を

3

ほたるかと思った

望みを少なく
した日から
心が
とても
楽になったよ

私はいつも思うのです
真面目に
生きてきた人は
きっと
幸せになるはずと

東京には
二日居ただけなのに
松山に着くと
あゝ私の町だと
暫し　しんみり

私が思う宇宙とは
例えば松山
例えば父母《ちちはは》
何ごとのおわしますかは
知らねども

人は
思い一つで
何度でも
生まれ
変われる

ほたるかと思った
電燈の光を
あびて
一匹の金ぶんぶんが
飛んでいるのだった

一人で
良いと
思ったら
何だか
心が決まったよ

何が本物か
それはなかなか
解らぬものだが
本気であるということが
決め手の一つになるのでは

私が
私のために生きて
それが人のためにも
なったのなら
こんな嬉しいことはない

「処世の秘訣は誠の一字」
勝海舟が言った
「誠」の意味
だんだん
解ってきた

これも修行と
思えば
宇宙がみえる
とか言われて
風呂そうじ

ものごとは
最後は
好きか嫌いかで
落ちつく
案外それは正しい

私は私
良く見えたのなら
それも私
悪く見えたのなら
それも私

甘い男で
いいぢゃないですか
人を傷つけ
追い込むよりも
ずっといいぢゃないですか

やっと解ったよ
君が言った
人に期待しないということ
けして
悪い意味ではなかった

4

あやめの花の咲く頃に

あなたは
今も
雨の日は
あやめの花を
想うのですか

あの人を想う心が
あの人を苦しめるのなら
あの人を想うことは
もう
やめよう

君のいいとこ
いつも
明るいこと
それでいて
シャイなとこ

フェリー船から
見る夕日
もの悲しくって
どこか空ろで
綺麗だけれど好きになれない

誰も知らない
君のヒミツを
私が知ったこと
君は
厭がってない

シャイな人は
瞳《め》がきれい
たぶん　それは
眼差しが
人に優しいからだろう

古い詩集を開くと
手作りの栞が出てきた
濃紫の紐の
白芙蓉の絵
君に貰ったあの栞だ

今頃どうしているのだろう
と
あなたを思う
私こそ
この頃どうしたことだろう

あやめの花の
咲く頃に
きまって私は
夢をみる
風のようにふる雨の

むかしから
紫の花が好きなのです
あやめとか　桔梗とか
鉄線《てっせん》とか　かきつばたとか
ただ　なんとなく

5

颪と出逢う

——二〇〇八年秋の日に五行歌を知る

見たい時に
見たい夢が
見れたなら
風の詩人に
なれるのに

春の日に
悟ったかと
思えば
さくら
ちらちら

二〇〇八年秋の日に
初めて目にした
五行の詞
私の中で
何かがはじけた

この湧きあがる
郷愁
何だろう
ほとばしる情感
五行歌に出逢った日の夜

たった五行の
響きの中に
愛あり　煩悶あり
生活があり
不思議な心の出逢いがあった

十五の時
「感詩」と名付けた私の詩
五行歌と
似て非なるものか
同質か

思えば
私は
何時の日も
心に
思いを秘めていた

私の思いを
伝える手立てを
五行の歌にしようと思う
五行歌は形ではなく
心だから

何に
生きる「証」を
求めるか
それが
私のロマンである

まわり道をした気もするが
これが「ご縁」と言うものか
一瞬遅すぎない時に
私の前に現れた
五行歌

とにかく
もいちど生れたよ
今度は
六〇年も
かからない

五行歌を始めて
解ったことが一つある
それは思い以上の
歌は生まれないこと
結局私自身が歌なのだ

人の命が
終っても
人の思いは
残るだろう
残る思いで人は決まる

名を残して生きるも一生
平凡に生きるも一生
明るく生きるも一生
憂いて生きるも一生
一生は一生

何であれ
一途に生きる
ことですよ
一途な思いに
天は動く

還暦逍遥
二〇〇八年
秋の日に
とうとう
風と出逢う

6　今日という日の一生一度

いつ　どこで
何歳の思い出に
出逢っても
凛として　再会できる
今でありたい

秋ではないが
秋の予感する
この季節《ひととき》も
また人生
今日という日の一生一度

できるかどうか
それがいいかも
判らないが
私は一度
十九に戻る

今更の
寂しさ
こんな日が
年に一、二度は
あるなあ

宇宙の中の人
僅か一点
されど
この一点の人
また宇宙

人の一生
宇宙の中で
瞬時
されどこの瞬時
紛れもなく人生

金輪際
人の悪口は言わない
と決めたのに
昼蛍君
君のようにはいかないよ

恥ずべきことは
多々あった
それが今の私
当然
悔いはある

用事は
全部片付いた
心配事も解決した
もう
今日は何もせん

体も心も
リセット
やっぱ
いいね
元日の温泉

いつまで生きるか
知れない命
と思っていれば
人生　たぶん
悪くはならない

「柳緑花紅」
「一輪の花にも宇宙」
「今日という日の一生一度」
私の好きな
言葉

何が
一番
美しいか
それは
ピュアな心である

本が読めて
散歩ができて
人と話せて
歌を詠む
こんな幸せがあるだろか

二つの願望
一つの実践
志水
如風
至誠

7 父・母そして家族のこと

ただ
一面の
菜の花
・・・・
父の心

—父のこと　母のこと—

誰にも
解って貰えない
こんな日は
親父が生きていたらなあ
とつくづく思う

子どもを連れて
帰った時
ウチの孫が悪くてなあ
とか　父も人に
話してたのかな

見舞いにいくと母は
きまって「ごはんは?」という
だから私も
「もう食べた」という
今も私は子どものままだ

父上様
生きていれば白寿ですね
生きていれば曾孫を抱いて
鬼平なんぞを
みているのでしょうか

あんたの親父は
ケンカしても
塚田さんが怒ったのなら
むこうが悪いと言われていた
そんな人だったよ

調停委員をし
謡を教えていた母が
今はヘルパーさんの
されるまま
ぢっと涙ぐむ

これが最後に
なるかも知れない
と病室を出る
そんな思いで
もう一ヶ月になる

私のために
苦労したことを
父も母も
一言も言わなかった
今頃それを知る

初七日が過ぎ
会葬者へのお礼も済ませ
七七日の打合せも終わり
やっと
母の遺影の前で泣く

お母さん
あなたの好きな
秋ですよ
庭の金木犀が
良い香りで咲いています

―家族のこと―

私が子に望むもの
それはいろいろ
あるのだが
一つと言えば
誠に至る

きくばあちゃんが
よく言ってた
人に迷惑かけんのなら
やりたいこと
やったらええが

みかん食べたら
おなかの中で
ポンジュースになるの
と聞く孫
愛媛の子になった

しめっぽかった
気持が
娘の一言で
晴れた
「お父さん、いつもありがとう」

いずれ私も
子達の思い出の中で
生きるのだろうな
父と母が
私の中でそうあるように

自分が言われて厭なことは
人にも言うな
父の口ぐせだった
この言葉を
我が家の「家訓」にする

父が残してくれたもの
母が残してくれたもの
私が子に残すもの
そして孫に伝えるもの
それ「恕」か

妻に歌をみせる
「ふーん」の時は×
「いいんじゃない」は○
「あっ、これはいい」は
・・まだない

「うまいなあ」
ポツリと言った一言を
聞いていた孫
俄然
やる気になっている

シャイってことは
人にやさしいこと
甘えん坊なのは
人の心が解ること
この子はいい子になる

父と似てきた
と言われた
誠実な人と
言われたようで
素直にうれしい

一番手を焼いた
長男が
ベトナムに行ったり
ミャンマーに行ったり
しっかり羽ばたいている

一人ぐらいは
松山におらんといかんやろ
と近くに住む二男
ありがたいと
思っているよ

私たちが
老いたのか
子が
やけに
やさしい

冬のある日
窓越しの陽ざしを浴びて
我が家のねこは
とろんとろんと
春が来たと思っている

貞夫兄が元気に育っていたら
生れてなかったかも知れない
私
二男で長男
いくつになっても弟

稜線のように
のびらかに
育てよ
健やかに
正直に

「じいじも
白髪が増えたね」と
おませな孫娘
この子が　いずれ
母の大きな力になる

秋の風に
吹かれた髪を
手櫛で梳《と》かす
四才の子の
何と可愛いこと

何か特別の役目を担って
生まれてきた気がする
この子を
見届けるまで
じいもがんばるよ

「楽しい老後になりそう」
と妻が言う
そりゃそうだ
五行歌以外
言う通りにしている

父の年まで
あと十年
あと十年を
三十年生きるつもりで
生きる

8

思い出は
バージョンアップして
夢になる

こころ広々
夢凛々
風の
吹くまゝ
流れるまゝ

知ってますか
翡翠《かわせみ》は
番《つがい》となって
はじめて
飛ぶ宝石と言われることを

男はいくつになっても
ふわふわと
こどものように
ふわふわと
見果てぬ夢をみるもんだ

奥さん
春色の〝あかり〟は
灯す時　ちょっと
コツがいるんです
ふりむかず　ポッとね

少年の心で
熟年を
生きる
考えただけで
ウキウキする

私は
とにかく
五行の
物語が
書きたいのです

老春は
青春よりかは
すこし
紫に近い青
鉄線《てっせん》の青に似て

森の中に
小川があって
小さな家があって
そんな所に住みたい
という夢は捨ててはいない

高校の時
「僕は夢を食べる」
と言ったこと
今も
忘れたわけではない

私の歌は
夢っぽいか
けれどそれは
思いつきではなく
ずっと心にあることだ

自分にしか解らない
一人でそっと
ほくそ笑む
そんな歌でも
良いではないか

松山に生れたこと
松山で育ったこと
そのことだけでも
私の人生
二重丸

歌にした思いは
よく叶う
だから
それとなく
夢を書く

思い出は
バージョンアップして
夢になる
そんな夢でありますように
そんな思い出になりますように

9

心がだんだん純化する

辛い心は大事にしよう
寂しい心も大事にしよう
いつか　きっと
この心が
私を助けてくれるだろう

会社という鎧を脱ぎ
肩書という楯を外し
仕事という鉾を納めると
何のことはない
十九の頃の自分であった

四〇年の
サラリーマン生活
今では
いい塩梅に
私の強みになっている

どこも悪くないのに
体調不良
「加齢ですな」
と医者は言う
先生、それって治ります？

新たな戦いが
始まった
「老い」だ
今
戦略を練っている

「威あって猛からず」
目指して
なれるものではないが
そんな人に
憧れている

若い時
会津に住みたいと
思ったことがある
その頃の私は
かなり良かった

男らしさとは何か
森信三は
「つよい責任感」と言った
私は
「忍ぶこと」かと思う

ちょっと選択を
間違えたが
まあいい
人生を大きく
変える程のことでもない

誰が一番ってことは
ないのだから
みんなそれぞれ
なのだから
私もこれでいいのだろう

修羅場を潜った人と
普通に生きた人
どちらが
人の役に立つか
それは今は解らない

思えば
多くの無駄があり
多くの落度があった
それを含めて
今がある

心にぽっかり
空いた穴
目障りなら
五月の風を吸って
潰しちまえ

自分のことは
解ってないようでも
よく解っている
それが
生きてきたということ

心が
だんだん
純化する
還暦ふたつを
過ぎた頃

10 カープ讃歌

I

平成二六年十二月二七日
仰天ニュースが
入ってきた
ヤンキースの黒田が
カープに帰ってくる

胸が熱くなった
「やれるうちに、恩返しをしたい」
「最後はカープで・・」
七年前の約束を
ほんとに守った

二〇億円より
カープ愛
黒田の男気に
広島は
酔い痴れている

これで優勝
とは言うまい
大リーグを蹴って
帰ってくる
それで充分だ

七年間
背番号をあけて
待っていた
球団も偉い
古里のような球団だ

「黒田が帰って来る」
「今年は絶対応援に来い」
広島の先輩から
メール
「ハイ」と即答

福山の娘が
中国新聞を送ってきた
嫁ぎ先も
みなカープファン
酒の肴は黒田だそうな

II

初めての勤務地は
広島だった
事件より　経済の話より
カープの勝敗が
重要だった

負けた日は
何も言わずに
集金していた
勝った日は
よく預金をしてもらった

広島の人は
名前で言わない
背番号で語る
それがプロのファン
と教わった

昭和五十年十月十五日
カープ初優勝
流川で
朝まで飲んだ
私も若かった

炎のストッパー
津田恒美
病気と闘う彼を
最後まで解雇しなかった
広島球団の義

天も粋な
はからいをする
黒田で決めて
相手は巨人
平成二八年九月十日
「萬事如意」

III

思いの深い人は
こんな日は
群れず騒がず
一人で酒を
呑むのかも知れない

15番が永久欠番になる
黒田は
そんなこと
望んではいまいが
ファンの「思い」は形になった

今年は
落着いた一日だった
一人焼酎で祝杯
平成二九年九月十八日
カープ余裕の二連覇

カープの選手は
なぜにこんなに
純なのか
黒田　新井
引き際に見る
男の純情

何といっても
地元優勝だ
広島は今夜はどうなることやら
平成三十年九月二六日
海を挟んで
我が家も祝杯

福山の孫が
51番がいいと言う
石手寺のことかと
思ったら
鈴木誠也のファンだって

カープの負けた日
広島の先輩から
メールがきた
〝せわーない
カープはこれでまた強くなる〟

愛媛県人ではありますが
私は10年広島にいた
母も妻も広島県人
娘は福山に嫁いでいる
とにかくご縁があるのです

11

いろんな日があるけれど　みんな大事な私の日

とても清い日と
いいかげんな日
明るい日と憂う日
いろんな日があるけれど
みんな大事な私の日

知らない道の
知らない家の庭先に
ふと見れば二輪草
小さな感動に出会えば
それはもう旅

友のいる
方角にむけて
花一輪
飾る
仲春の候

若き日に
友と歌った森繁節
「惜別の歌」だの「初恋」だの
コップ片手に人生論
一杯一杯復一杯

二〇年振りに友と逢う
一瞬に
二〇年前の二人になったが
二〇年での出来事は
お互いそれぞれあったはず

何かを
望めば
大事なものを
失う気がして
じっとしている

これが最後
かも知れないと思って
今日を過ごす
暗い気持ではない
大事に生きたいのだ

弓道でよく
残心って言うだろ
そんな瞳《め》だったよ
あの日海を見ていた
少年

ジャージで
初詣
神様ごめんなさい
今年も
普段着で

いつも
楽しそうですね
ええ、まあ
いつもでは
ないですが

ふっと
不安になることがある
そんな時には
本誌を読む
同じ思いの人を捜す

大丈夫
ぼくは
ボーとしている時は
普段見てないものを
見てるから

やることが一杯ある
なんて言いながら
何もしてないじゃないか
「のんびりするのも
やることのうちさ」

こんな
いい日は
そうそうない
あえて
わけは言わないけど

心豊かな日もあれば
心貧《さも》しい日もあった
それぞれの時代を
それなりに生き
平凡ではあるが私の人生

12

吐息のように

吐息のように
溢れ出て
右手が勝手に
書かせたもの
この思い

Ⅰ

花は感動させようとも
きれいに見せようとも
思わない
ただただ　時がくれば
つぶやくように咲くのである

旅が
好きなのは
はじめてという
感動が
そこにあるから

風が
好きなのは
いつも
自由
だから

六月が
好きなのは
水色に
空が
広がるから

ずっと
紫が
好きだった
若き日の
思い出だ

今は
緑と黄色も
好きだ
瑞々しい
命を感じる

水色は
好きというより
私そのもの
そう
風の色

もし海が
一つなら
私はやはり
瀬戸内海が
いい

銭湯にも
相性がある
ここはいい
よく
歌が浮かぶ

II

田舎の
小さなスナックで
あいつの歌には
情があるなあ
なんぞと言われたい

五行歌は
いずれ全国津々浦々で
詠われる
その時正しく語れるように
今正しく勉強しておく

巻頭一八四首を読む
じっくりと
考えながら読む
これが
先生の指導であると

なぜ私が
ひらめきの歌に
拘るか
瞬時浮かんだ言葉こそ
ほんとの気持に近いから

思い出を
夢にしたら
どうでしょう
少し
バージョンアップして

III

一人は俳句
一人は謡
一人は五行歌
母が残した
文化の血

あの時だから
出来たと
いうこともある
今だから
出来るということもある

あの時
自分を顧みず
懸命に働いたからこそ
今も彼らと
交友が続いている

私にも
薩摩隼人の
血が
流れている
父の血だ

この家に三人の子たちがいて
小学、中学、高校時代
五人で暮らした
どの時代を切り抜いても
大変だったが幸せだった

我が家に　新たに
三人の子が加わり
新しい風が吹いた
それぞれの色の
実にいい風だ

「おじいちゃんとおばあちゃん
ケンカしないの」
「しないよ」
「なんで」
「さあ　なんでかなあ」

自選十二首

やがて訪れる
さよならに
にっこり笑って
手を振れる
そんな男になれるだろうか

二〇〇九年七月の「松山五行歌会・十周年記念歌会」提出歌。その時、初めて草壁先生とお逢いし、天の導きのような「ご縁」を感じた。この歌に背中を押されるように本誌会員になり、今に至った忘れがたい歌である。

春になれば
私は愛蘭《あいるらんど》に
行きたいな
汽車にのって
ぽっぽっと

十代の頃に丸山薫の詩「汽車にのって」――（汽車にのって／あいるらんどのような田舎へいこう…）を念頭に、愛蘭のことを詩に書いた。掲歌はその四十数年前の詩を「五行歌」として作り替えたもの。私は内心「いい歌ができた」と喜んでいたが、暫くして丸山薫の詩と類似していることに気が付き、『五行歌』誌（二〇一〇年四月号）に投稿したことを草壁先生にお詫びし、以後この歌を語ることはなかった。

今回歌集を刊行するにあたり、この歌は私の中でやはり捨てがたく、経緯を付して自選に加えることをご容赦願いたい。

何もせんでも
良い日には
何もせんでも
良いでは
ないか

初めての全国大会（二〇一〇年九月・大阪大会）提出歌。ある時ふっと浮かんで呟いた。衒いのない、勿論手直しもない、その時のそのまゝの気持だったと思う。今も私の考える五行歌に最も近い歌と思って大事にしている。

五行歌を始めて
すぐの頃
買った『なの花』
こんな歌が書きたくて
今日も佇む

其田英一さんの歌集『なの花』―五行歌を始めて半年ぐらいの頃、この歌集を買った。其田さんの写真をみて驚いた。父にそっくりだったのだ。その印象が強かったのかも知れないが、其田さんの歌はそれからの私の指針となった。今回の私の歌集も『なの花』と同じ手触りをイメージして作成に当たった。

人の悪口を言わない
そのこと一つ
とっても
君は
たいしたものだよ

盟友磯部昼蛍君（松山歌会会員・二〇一三年四月十一日死去）を詠った歌。彼とは十八才の時から、途切れることなく肝胆相照らした仲である。晩年倉敷在住の彼が松山歌会に入会して同じ空間を得たことは、天からの贈り物であったとしか思えない。けして人の悪口を言わなかった彼に全幅の信頼をおいて、私は幾度助けられたか知れない。

のんびりいこう
と
空をみる
ああ
いい風だ

地元松山での全国大会（二〇一三年十月）提出歌。その年の五月、踵を折って入院した時、病院の窓から真っ青な空を見ていると、心は四月に亡くなった昼蛍君を思い、身体は堀の内にあって五月の風に漂い、つくづく生かされていることに感謝した。この気持ちを忘れまいとこの歌を大会歌に選んだ。そして五行歌を生涯の「趣味」にすることを決めた。

春になれば
空の青が
菜の花畑に
下りて
緑の風になるのです

無垢な青と幸せの黄色が溶け合って生命の源「緑」になる。私の好きなパターンの歌です。恥ずかしながらこの子供心が、私の詩歌の原点でもあります。

ほんの
ちょっとしたことで
お礼を言われた
それだけで
嬉しい一日だった

これも心に刻みこんでおきたい歌。私の何気ない言動を、「ずっと感謝していました」と知らされた時、思ってもいなかったことが喜ばれていたのかと嬉しさが込み上げてきた。すこし生き方に自信を持った。

さらさらと
春には春の
六月には六月の
風は
季節を流れる

私は風が好きで、とりわけ春と六月の風が好きで、風に自分を見立てて、人生を思ったり語ったりする習性は十代の頃から続いている。青いといえば青いが、おそらくこれは死ぬまで続くだろう。

今日までと
今日からが
端境《はざか》う
今日を
肯定する

過去＝思い出、未来＝夢、現在＝今の現実…過去と未来と現在は不思議な糸で繋がっていて、厭な過去も、今が良ければ、いい思い出になる。いい思い出は、バージョンアップして夢になる。思い出と夢は私の中で端境いながらも混在して今を生きている。

お城があって
お堀があって
電車が通って
のどかだなあ
松山の街

二〇一九年七月「松山五行歌会・二十周年記念歌会」提出歌。五行歌を始めて十年目の節目の記念歌会は、どうしても大好きな松山の歌を出したいと思っていたので、この歌が浮かんだ時は心が弾んだ。つくづく松山に生まれて良かったと思っている。

この歌は
俺のじっちゃんの
じっちゃんが書いたんだぞ
と教科書を読む子
あっ　これ夢です

百年先に、教科書に載った私の五行歌を読んでいる私の孫の孫。これ以上の夢はありません。

詩集『水はさらさら小川を流れ』より抜粋

―一九七五年五月　発刊

風

風が流れて行きました
風に色はないけれど
もしもあるとしたならば
風は水色　空の色

風が流れて行きました
風に身内はないけれど
もしもあるとしたならば
さらさらそれは小川の流れ

ある日

春の空と
秋の空と
似ているようで
ちがっているのは
春はそれだけで
春であり
秋はこれから
冬がくる

風

空と空の間から
したたるように落ちてきた

空

何か、知っているな

夜

あれは、ほたるだったのだろうか・・・

夕方

水だって
時々
不服そうに
流れている

石手川風景

岸辺にれんげの花が咲く
　あゝ　とってもきれい
その日の瀞《とろ》　さらさらと
風も穏やか
　雲いろ白く
ひらがなで　まつやまと
　書けば
まつやまは　ふわっと浮かんで
　涙がでた

濃紫の少女

何故、濃紫の俤だと言えば
少女は葡萄が好きだった
好きかどうか、少女の口から聞いたわけでは
　ないが
最後となったあの日
お前は藤色のセーターに着かえると
大粒の葡萄を皿一杯に持ってきた
　その時のはっとした美しさ
お前と葡萄と、置かれたガラスの皿とが
いっしょになって
ぼんやりとぼくには濃紫の俤が残った
あれ以来、葡萄を思うとお前を思い

お前を思うと濃紫の俤を思うようになった
そして、菖蒲《あやめ》だの桔梗だの
濃紫のものは皆な好きになった

雨

風は負けて
たてに吹いた

○

六月の空は水色、風も水色、

跋

草壁焰太

塚田三郎さんは、どこか私と同じような人である。私は、とくに彼を知っていたのではないが、自分を見るように彼を見る。その理由は、塚田さんが若い頃に、私のやはり若い頃の詩集を読んでくれていたことにある。

私はほんとうの気持ちを伝えるには、技巧を使ってはいけないというのが、詩を書くときの信条で、気持ちをぶつけるように書くようにしていた。

気持ちそのままが、私の詩歌だと気負ってもいた。

だから、私よりやや年若い後輩が、私の詩集を読んでいたとすれば、何かその頃、ぜんぶを語り合ったような気がするのである。私のあのときの、気持ちをぶつけるような詩を認めてくれるような感性の持ち主には、何も説明しなくていいという気持ちがある。

だから、塚田さんにはいつも安心している。自分と同じように詩歌を感じているにちがいないと。

彼が五行歌を始めてからの思いも、まったく変わらなかった。彼の書く五行歌が間違いないものであるとの安心感もずっと続いた。

私は、文化とは気持ちの分かち合いだと思っているが、私は自分をそう認めないけれども、私の詩集を何冊が青春期に読んでくれた人なら、ぜんぶを信じていいほど、信ずることができる。その理由は、詩に嘘を書かなかったからだと、私は思っている。

これが、技巧を使わずに詩歌を書いた者に与えられる唯一の特権かと思う。

私も恥じず、彼も恥じない。それは、思ったままを書くからである。


彼の五行歌集ができることは、私にとっても嬉しいことだった。

内容にも、なんの疑問もない。そのままでいい。ほんとうのことだから、何をどう書いてもいい。

そんなことってある？

と思う人もいるかもしれないが、この歌集がその答えである。ここに塚田三郎さんがいる。ちょっと変かもしれない。いや、だからこそ、この人らしい。何か特別の人なのだが、ごく普通になんでも書いている。

誰にも書けそうだが、ここには極めて特徴的な一人の人の人柄が現われていて、それが詩になっている。ほんとうの気持ちだからである。

私は、まるで自分のような人を紹介しているような気分である。

何もせんでも
良い日には
何もせんでも
良いでは
ないか

いつ　どこで
何歳の思い出に
出逢っても
凛として　再会できる
今でありたい

自分のことは
解ってないようでも
よく解っている
それが
生きてきたということ

なんとなく、おかしいくらい誠実な人なんだなと思う。自分のような人とは言ったが、私にはもちろん、こういう人柄はない。それでも、嘘はいわないというところでは一致している。

彼が五行歌を雑誌に投稿するようになって、嬉しかったのは、「塚田さんの歌が好きです」という人が、とても多いことだった。五行歌運動をやっていたある日、私は五行歌では人柄で歌がよくなるということに気づいた。思えば、人と付き合うとき、どうしても好きになってしまう人柄というものはある。

ところが、詩歌では人柄で歌がいいと人が褒められることがない。五行歌ではあり得ることが、ほかの詩歌ではない。私は、これは大変な発見だと思った。他の形式とちがって、五行歌では人柄がそのまま出てくるということがある。

だから、人柄というものが、一番好かれる。

詩歌も、いい悪い、真実うそっぽい、綺麗汚い、…などと色々な魅力と反魅力があるが、人柄のよしあしがついに言われるようになったのだ。これも、五行歌という人が自分を隠せない形式が生れたからである。

五行歌では、「この人が好き」という見方が生れてきた。人が人に対するときも、これが一番重要である。そういうことが、詩歌の世界で興ってきた。

塚田さんもその一人である。

歌を読んでいくうちに、読み手はいつのまにか、塚田さんを贔屓するようになる。たと

えば、

あんたの親父は
ケンカしても
塚田さんが怒ったのなら
むこうが悪いと言われていた
そんな人だったよ

こういう歌を見ると、塚田さんもそうだなあ、と思いたくなってしまう。気が付かぬうちに、すっかりファンになっているのだ。

この歌集の編集も、気持ちのままになされていて、彼の気持ちのままなら、仕方ない、これだから、彼がわかりやすいのだと納得できる。このやり方でなくては、わかってもらえないかもしれない。無技巧を押し通すということは、かなり勇気のいることなのである。自分がやってきたから、そのこともよくわかる。

最後に、別の活字で、「六月の空は水色、風も水色、」という一行詩が若い頃の詩集の抜粋として出ているが、これを見た時、「あれ？　この調子、どこかで見たな」と思った。思い当たるところがあって、調べてみると、私の若い頃の詩集『白い息ミルクの呼吸』に似たフレーズがあった。

「きよらかに／きよらかに／空は水色／海は水色」から始まる詩である。ははあ、特別な活字で印刷してくれたのは、私へのメッセージだな、と。

すこしちがうが、気持ちがどこか同じである。「あなたのフレーズを自分のもののように思っています」というメッセージだと思った。なんだか、嬉しかった。だが、聞いてみると、塚田さんのその詩は、私の詩集を見る前に書いていたらしい。

偶然、同じようなフレーズを書いていたのであった。同じ時期に、同じ地方出のやや年の違う二人の男が同じような詩を書いていたのであった。

こんな話、他の人が読むここに書いていいものだろうか。いい加減にしなさいといわれるのを、畏れつつ、この歌集を読んだ自分の喜びをどうしてもみなさんにも知ってもらいたくて書いた。

あとがき

私は十代の頃詩を書いていました。主に一行〜八行ぐらいの短詩を好み、感じたことをそのま、詩にすることで「感詩」と名付け、何時か詩歌の一ジャンルになればと夢みていました。

その思いも社会人になると次第に薄れて、二十五才の時、小さな詩集（本書の最後に抜粋した『水はさらさら小川を流れ』です）を作り、それを区切りにふわふわした生活を終りにしました。

定年の年になり、サラリーマン生活を勤め終えた私は、この先何か自分の「芯」になるようなもの（趣味）はないか模索していました。そんな時、偶然立ち寄った松山五行歌会

「作品展」で、「感詩」を彷彿させる「五行歌」に出逢い、驚くことにその創始者であり主宰が、若き日に思いを馳せた詩人草壁焰太氏であることを知りました。

私は二十才の時に、草壁先生の第二詩集『白い息ミルクの呼吸』そして三十才ぐらいの時、第七詩集『西池袋物語』を読んでいました。――これは天の導きかと思いました。三十八年間封印してはいましたが、私が捨て切れなかった「夢の欠片」を拾い上げる最後のチャンスと思い、迷わず松山五行歌会に入会しました。これが私の五行歌との出逢いです。以来十一年余りになります。

人間は一生のうち逢うべき人には必ず逢える。しかも一瞬早過ぎず、一瞬遅すぎない時に――。

国民教育の師父と言われた森信三の言葉です。私は還暦の年に、正にこの言葉を実感する「ご縁」にめぐり逢えたのです。

懐かしい居場所に戻り、まるで十代の頃のように、自分の先行きに新たな夢を抱きました。歌集を出したいと思ったのも夢の一つです。

五行歌を知り、草壁先生に師事したことは、「思い出」として終わるはずであった私の十代を、形あるものに仕立て、今に繋いでくれました。有り難い私の「ご縁」の人生です。

昨年春頃から、十一年間書き留めたノートを読み返し、本格的に選を始めました。纏めてみると、自分らしいというか、結局「感詩」と同じ肌ざわりの歌を多く選んでいました。五行歌はある意味「自分史」だと思います。私の「生き様」、培ってきた「考え」、私を曝け出すことの恥ずかしさよりも、正直な気持。お世話になった方々、父、母、家族への感謝、愛しみ。そんな思いで選をしました。

「歌集」を上梓するにあたり、今日までの数々の「ご縁」の何一つ欠けても、こうして「五行歌」に向き合える今はなかったであろうと思っております。

未熟な私を温かく見守りご指導くださった草壁先生、叙子先生には感謝の気持ちでいっぱいです。

我がことのように編集、装丁に取り組んで頂いた、純さん、しづくさんはじめ事務局の皆さまに心からお礼申し上げます。

松山歌会、愛媛歌会、瀬戸歌会の皆さん、全国の「ご縁」を頂いた五行歌の皆さん、ありがとうございます。これからもどうぞよろしくお願い致します。

令和二年　五月

塚田三郎

塚田三郎（つかださぶろう）
1948年12月　松山市生まれ
2008年10月　松山五行歌会入会
2009年 9月　五行歌の会入会
五行歌の会同人
著書　詩集『水はさらさら小川を流れ』
住所　〒791-8013 松山市山越4丁目6-28

五行歌集《ごぎょうかしゅう》　風と出逢う

2020年6月1日　初版第1刷発行

著　者　　塚田三郎
発行人　　三好清明
発行所　　株式会社 市井社《しせい》
〒162-0843
東京都新宿区市谷田町3-19 川辺ビル1F
電話　03-3267-7601
http://5gyohka.com/shiseisha/

印刷所　　創栄図書印刷 株式会社
装　丁　　しづく

ISBN978-4-88208-174-6

五行歌五則

一、五行歌は、和歌と古代歌謡に基いて新たに創られた新形式の短詩である。
一、作品は五行からなる。例外として、四行、六行のものも稀に認める。
一、一行は一句を意味する。改行は言葉の区切り、または息の区切りで行う。
一、字数に制約は設けないが、作品に詩歌らしい感じをもたせること。
一、内容などには制約をもうけない。

五行歌とは

五行歌とは、五行で書く歌のことです。万葉集以前の日本人は、自由に歌を書いていました。その古代歌謡にならって、現代の言葉で同じように自由に書いたのが、五行歌です。五行にする理由は、古代でも約半数が五句構成だったためです。

この新形式は、約六十年前に、五行歌の会の主宰、草壁焰太が発想したもので、一九九四年に約三十人で会はスタートしました。五行歌は現代人の各個人の独立した感性、思いを表すのにぴったりの形式であり、誰にも書け、誰にも独自の表現を完成できるものです。

このため、年々会員数は増え、全国に百数十の支部があり、愛好者は五十万人にのぼります。

五行歌の会　http://5gyohka.com/
〒162-0843　東京都新宿区市谷田町三―一九
川辺ビル一階
電話　〇三（三二六七）七六〇七
ファクス　〇三（三二六七）七六九七